爸爸，我们去哪儿？

Où on va, papa?

〔法〕让-路易·傅尼叶 著

李欣 译

人民文学出版社
PEOPLE'S LITERATURE PUBLISHING HOUSE

著作权合同登记：图字 01-2016-8887 号

Jean-Louis Fournier
Où on va，papa?

图书在版编目(CIP)数据

爸爸，我们去哪儿？/(法)让-路易·傅尼叶著；李欣译.—2 版.—北京：人民文学出版社，2016
ISBN 978-7-02-012130-4

Ⅰ.①爸… Ⅱ.①让… ②李… Ⅲ.①自传体小说-法国-现代 Ⅳ.①I565.45

中国版本图书馆 CIP 数据核字(2016)第 263262 号

责任编辑：黄凌霞
特约策划：张晓清
插　　画：布　果
封面设计：高静芳

出版发行　人民文学出版社
社　　址　北京市朝内大街 166 号
邮政编码　100705
网　　址　http://www.rw-cn.com
印　　刷　山东临沂新华印刷物流集团
经　　销　全国新华书店等
字　　数　71 千字
开　　本　787×1092 毫米　1/32
印　　张　5.75
版　　次　2010 年 12 月北京第 1 版　2017 年 3 月北京第 2 版
印　　次　2017 年 3 月第 1 次印刷
书　　号　978-7-02-012130-4
定　　价　32.00 元

Emmanuelle Hauguel 摄

致中国读者的一封信

让-路易·傅尼叶

写《爸爸，我们去哪儿？》的时候，一开始，我想将它写成一本私密的小书，惟有法国人、教育专家或者智障儿童的父母才会感兴趣。

后来，我却惊讶地发现，这本书在其他国家也有许多读者。如今的我终于明白了其中缘由。

智障儿童是"国际人"。

他们既不会说话也不会写字。

除了文化、语言、文字、课本，还有什么能区分世界上的孩子们呢？

而这些，智障儿童都无法拥有。

他们是长不大的人，却是人类的缩影。

一个中国的智障儿童和一个法国的智障儿童并没有什么不同。

他们的笑是一样的，他们的叫是一样的，他们身体晃动的方式是一样的。世界上所有孩子中，他们是兄弟。

我想，马蒂约和托马在中国不会孤单。

爸爸，我们去哪儿

叶兆言

这是法国作家傅尼叶的一本新书，刚开始，我只准备说一两句好话。在别人著作的封底写几句推荐词，来一段广告语，如今很时髦，正变得更庸俗。有时候是被迫这么做，我们常碍于情面，完全出于无奈。然而为了眼前的这本书，我不仅想说几句，还打算写篇文章。

每当我看到这些广告词，内心深处总会有疑问：

- 荣获二〇〇八年法国费米娜文学大奖！
- 法国读者推荐最佳礼物书、年度最感人的文学作品！
- 法国文学畅销榜第一名！
- 在法国出版未满一年，已感动超过五十万名读者！
- 出版不到两个月，便在法国创下单日销售两千本的佳绩！
- 翻译版权售出美、日、韩、德等二十四个国家，仍在增加中！

在一个逢“奖”必大的年代，我不太明白“费米娜”奖有多大，法国文学奖太多，只知道这奖曾给过一个中国人，他写过一本叫《巴尔扎克与中国小裁缝》的书，还知道它的评委全是女人，全是女作家。“最佳礼物书”，“畅销榜”，“单日销售两千本”，“翻译版权售出”，所有这些，中国人都不陌生。

陌生的还是这本书，一本不可能太厚的书，字数并不多，究竟会是什么样的货色。出版不满一年，为什么能够感动五十万名读者。因为对感动这个字眼的怀疑，或者说怀疑具体数字，我情不自禁将书翻了一遍，结果却是，真被深深地感动了。

三言两语，说不出感动的原因。为了阳光一般的父爱，为了不离不弃，为了面对困境激发出的勇气，书中太多情节，让人动容，让人莞尔。更重要的，它以非常健康的气息，通过全新视角，让正在日趋麻木的我们，重新审视世俗生活。

这本书充满了智慧，在生命的伤痛与困境面前，微笑像鲜花一样盛开，幽默成了对付痛苦的最好利器。这是一封很长的信，收信人是作者两位残障儿子，一个连话都不会说，另一个只会说“爸爸，我们去哪儿”。他们甚至不明白这话的意思，如果说家庭有个残障儿，就是遇到了一次世界末日，那么这位倒霉的父亲，一生中竟然接连遭遇两次。

为人父母天下至善，父亲就是父亲，父亲必须得像个父亲。作者并不想让读者过于悲伤，但是在阅读的时候，还是会潸然泪下。不知不觉，你已经被打动了。那一天，我太太从外面打电话回来，听着老公的异样语调，连连追问为什么。我无话可说，坦承正在读这本《爸爸，我们去哪儿?》。太太非常意外，她想不太明白，究竟是一本什么样的书，才能让一个整天在家胡编故事的男人感动。

于河西

爸爸，谢谢

梅子涵

有些感动还是不说出来好，说也难说。

有的故事怎么有能力重复？那只是属于写出这样故事的小说家的能力。

有的不幸，有的命运，有的沮丧，有的苦痛，有的一天一天的日子，一年一年的煎熬，有的可怜盼望、可怜绝望、可怜想象、可怜满足，真不是那个“故事”之外的人可以想出，还是应当看看那小说，看看这不凡写作。

一个爸爸来告诉你。

他们生了一个残障的孩子。接着又生了一个。

你能够说些什么？你能够想些什么？你日复一日只能做些什么？这样的苦难你还可以盼望什么、庆幸什么？

这个爸爸都说给你听。很真实，很内心，很黯淡，很幽默。很黯淡的幽默就是黑幽默。很黯淡的幽默里我们很想流出泪水，心里绽放出的却是异常鲜艳的爱，烫乎乎的温暖，我们看见过多少母爱，唱着她的歌，可是这一回，我们无比地想喊：爸爸！爸爸！

爸爸，我们很傻很傻很傻，我们是没有办法，我们只会说："爸爸，我们去哪儿？"其实我们哪儿也不想去，我们就想在你的身边；如果，下一回，我们还有机会黯淡地诞生，那么，仍旧会遇上你这个爸爸吗？

爸爸，我们很对不起你。爸爸，谢谢。

亲爱的马蒂约、亲爱的托马：

你们小的时候，我曾想在圣诞节时送你们一本书作为礼物，比如《丁丁历险记》。你们看完以后，我们可以一起聊聊这本书。《丁丁历险记》的故事我很熟悉，我看过好几遍呢。

但是，我没给你们买书，没有这个必要，因为你们读不了书。你们永远不可能会读书。直到后来，我给你们的圣诞礼物一直都是积木或小汽车……

现在，马蒂约跑到遥远的地方找他的皮球去了。在那儿，他只能靠自己，谁也帮不了他。现在，托马还活在这个世界上，但脑子里却越发不知在想些什么。

尽管如此，我还是想送给你们一本书，一本我为你们而写的书——好让人们不会忘记你们，好让你们不仅仅是伤残证上的照片，也让我自己有机会倾诉以前从未吐露过的心声。也许我有一些歉意吧，因为我并不是个好父亲。我时常对你们失去耐心，因为你们太不讨人喜欢了。和你们相处，要有天使般的耐性，可我并不是天使。

我应该让你们知道，和你们在一起生活，大家彼此都没感觉到幸福，这让我心里很难受；也许我应该请求你们原谅，因为我把你们生坏了。

你们和我们都不算走运。这是从天而降的横祸，实在难以预料。

好了，我不抱怨了。

人们说起残障儿的时候，脸上总是露出相应的表情，就好像在谈论灾难一样。这一次，我想面带微笑地谈论你们。你们曾让我开心，而且有时是故意逗我开心。

多亏你们，我们享受了很多正常儿童家长没有的好处。我们不用操心你们的学习，不用规划你们的职业发展方向，也不用替你们考虑应该选择理科或者文科，更不用担心你们将来能干些什么，因为我们很快就意识到：你们将来什么都干不了。

另外，我享受了很多年免费汽车纳税票证[①]。因为有你们，我才开得起美国产的豪华汽车。

---

① 终身残障儿的家长可以享受免费汽车纳税票证。一九九一年，该规定被取消，残障儿家长不再享有此项特殊待遇。

那年，托马十岁。他一坐进我的“大黄蜂”跑车，就问我：“爸爸，我们去哪儿?”从那刻起，他开始不停重复：“爸爸，我们去哪儿?”

起初，我会回答：“我们回家。”

一分钟以后，他依然天真地问我同样的问题，他的脑子里记不住东西。他第十次问我“爸爸，我们去哪儿”的时候，我便不作声了……

可怜的托马，我也不太清楚应该去哪儿。

我们听天由命吧，或者干脆撞墙算了。

一个残障儿，两个残障儿，怎么没有第三个呢……

这一切都是我始料不及的。

爸爸，我们去哪儿?

我们上高速公路，逆行。

我们去阿拉斯加逗熊玩，然后被熊吞掉。

我们去采蘑菇，专采毒鹅膏菇，回来摊个香喷喷的鸡蛋饼。

我们去游泳池，从高台上往没有水的池子里跳。

我们去海边，我们去圣米歇尔山。我们在流沙上散步，然后陷进去，一直陷到地狱里。

托马丝毫不受影响，继续问着:“爸爸，我们去哪儿?”可能他想创造新的纪录吧。他重复了上百次以后，我实在无法忍受了。和托马在一起，你永远不会感到无聊，他是重复搞笑的高手。

谁从不担心自己的孩子可能是非正常儿童？请举手。

没人举手。

所有人都考虑过这个问题，就像想到地震和世界末日一样，似乎顶多经历一次。

而我却经历了两次世界末日。

看到新生婴儿，人们脸上会露出赞叹的表情。小宝宝真漂亮啊！我们观察他的小手，数他的手指头。我们发现他每只手都有五个指头，脚也一样。我们惊呆了，不是四个，也不是六个，而是不多不少正好五个。每只手，每只脚，都是奇迹。要是说到婴儿身体内部的结构，那就更复杂了。

每次生育就是一次冒险……并非每次冒险都能成功，但人们却还是乐此不疲。

在地球上，平均一秒钟就有一个婴儿诞生……

“一定要想办法找到那位正在生孩子的母亲，劝她千万别把孩子生出来。”幽默大师补充道。

昨天，我们带马蒂约去了阿贝维勒修道院，想让在卡梅尔做修女的玛德林娜姨妈见见他。

见面地点在修道院的接待室。这是一间不大的房间，墙上刷着白石灰。里面的墙上开了一扇门，门上挂着厚厚的门帘。门帘不是红色的，而是黑色的，跟木偶剧院里的幕帘一样。我们听到门帘后面传出的声音说："孩子们，你们好。"

这就是玛德林娜姨妈。她正在隐修，不能当面见我们。聊了一会儿以后，她说要看看马蒂约，让我们把婴儿篮放在门口，还嘱咐我们转过身去，朝向对面的墙壁。隐修中的修女可以见小孩，但不能见大人。

接着她开始招呼修女们一起来看她的小外孙。我们听到了修女袍子的簌簌声，伴随着半遮半掩或是高声爽朗的笑声，还有掀门帘声。她们异口同声地赞叹着，挠他这儿一下，摸他那儿一下。“真可爱！院长，你看啊，他在冲我们笑呢，简直就像个小天使，小耶稣……”如果她们的溢美之词前面没有加上“像”字，就更准确了。

对修女来说，上帝创造的一切都是至善至美的，婴儿是上帝的杰作，所以也是完美无瑕的。她们显然不愿意说出美玉上的瑕疵，更何况他还是院长的外孙呢。当时我真想转过身来，让她们别夸个不停了。

但我没有，幸好我没有。

就让可怜的马蒂约享受一次别人的夸奖吧……

我永远忘不了那位医生，是他第一个鼓足勇气告诉我们马蒂约将终生残障。他叫枫丹教授，当时在里尔。他告诉我们不要再抱有任何幻想了，马蒂约发育迟缓，而且将终生迟缓。他的生理和智力都有缺陷，没有办法补救。

那天晚上，我们没睡好。我记得自己做了噩梦。

之前的诊断结论都不太明确，医生只说马蒂约身体发育迟缓，智力并没有问题。

不少家长和朋友都想安慰我们，只可惜他们经常是笨嘴拙舌的。一看到马蒂约，他们就说：他进步真快，真让人感到惊讶。记得有一次，我对他们说：我吃惊的是马蒂约根本没有进步。当然,我是在跟别的孩子比。

马蒂约身体很软。他的脖子好像是橡胶做的,根本直不起来。别的孩子已经能站起来骄傲地向大人要东西吃了,马蒂约还只能躺着。他从不喊饿,喂他吃东西要拿出天使般的耐心,他还经常吐到天使身上。

如果婴儿的诞生称得上是奇迹，那么残障婴儿的降临可谓是颠倒的奇迹。

马蒂约真可怜。他眼睛不好使，骨头很脆弱，脚是畸形的，生出来不久就驼背了，头发乱蓬蓬的。他长得一点都不好看，更糟糕的是，他很忧郁。逗他笑非常难，他总像哼小曲儿一样重复同样的调门："啊，呀，呀，马蒂约……啊，呀，呀，马蒂约……"有时候他会泪流满面，似乎是有话说不出来，憋得太难受了。那情景看了真让人心碎。我们总觉得他很清楚自己的状态，他肯定是这样想的："早知道是这样，我就不到这个世界上来了。"

我们真想把他保护起来，免受命运的残酷折磨，只可惜我们完全无能为力。我们甚至没办法安慰他，让他知道不管怎样我们都爱他，因为医生说他根本听不到。

是我创造了他的生命，是我让他来到这个世界上，经受苦难日子的。想到这些，我就想请求他的原谅。

怎样辨别非正常儿童呢?

非正常儿童是模糊的、变形的。

就像隔着一层毛玻璃。

其实并没有毛玻璃。

他也永远不会变清晰。

非正常儿童的生活没有什么趣味，可以说从一开始就很糟糕。

他第一次睁开眼睛，看到摇篮里探进两张脸，正在注视着他，那是爸爸和妈妈惊恐的表情。他们在想：“我们生的孩子会是这样？”他们的神情看起来似乎不太满意。

有时候，他们会相互指责，把过错推到对方身上。他们会追溯家谱，寻根问底，直到发现家里曾有一个嗜酒如命的曾祖父或老叔叔才肯罢休。

有时候，他们会离开对方。

马蒂约经常把自己当成一辆汽车，嘴里发出“呼隆，呼隆”的声音。他看勒芒二十四小时耐力赛的时候最让人受不了，他会整夜不停地模仿汽车声，而且是不带消音器的汽车声。

我走过去说了他很多次，让他把发动机停下来，他根本不理会。在他面前，没有道理可讲。

我第二天还要早起，但根本睡不着。这时我会闪现出可怕的想法——把他从窗户扔出去。可是我们住在一楼，扔出去也无济于事，还是能听到他的声音。

我只能自我安慰，告诉自己正常孩子也会吵得家长睡不着觉。

这些家长真活该。

马蒂约软得像碎布娃娃，他的肌肉不能提供有力支撑，他站不起来。他怎么可能长大呢？长大后会是什么样子呢？将来他是不是需要有个监护人呢？

我幻想着，他长大后能成为一名躺着干活的汽车修理工。在没有升降机的修车厂里，工人们躺在地上修理汽车底盘。马蒂约可以跟他们一样。

马蒂约兴趣并不广泛。他不看电视，不需要用这玩意儿来损害自己的智力。当然了，他也不看书。他似乎只对一件事感兴趣，那就是音乐。一听到音乐，他就随着节奏拍打皮球，好像敲鼓一样。

皮球在他生命中占有很重要的位置。他把球扔到远处，自己够不着，然后向我们求援。他用手拉住我们，扯着我们走到皮球跟前，我们把球捡起来还给他。五分钟后，他又把球扔出去，又让我们捡球。他不厌其烦地重复着这个过程，有时候一天能有几十次。

也许，这是他找到的惟一让我们用手拉住他，和他发生身体接触的办法。

现在,马蒂约一个人去找皮球了。这一次,他把球扔得太远,我们谁也帮不上忙……

树上开花了，夏天很快就要来了。太太又快生了，生活真美好！这个孩子将在杏树结果的时候降临人间。我们急切地等待着，心里又有一点担忧。

太太肯定是不放心的。但为了不让我焦虑，她没有明说。我要说，我控制不了自己。我没办法独自承受内心的烦躁，需要有人分担。记得我用轻松的口气对她说："这个孩子有可能也是不正常的。"我不是想制造紧张气氛，只是想让自己放心，让上帝保佑。

当时，我认为这种事情不可能重复发生。我明白爱至深、责至切的道理，但上帝并没有这么爱我；反过来说，即使我确实很自私，也不至于受到这样的惩罚。

马蒂约的诞生应该只是一起事故。从原则上讲，事故是不可复制的,应该只发生一次。

不幸似乎总降临给没准备的人和想不到的人。为了防止不幸的降临,我们还是想想吧……

托马刚刚出生。他长得漂亮极了，金黄的头发，乌黑的眼睛，目光炯炯有神，脸上总是带着微笑。我永远都记得那时我有多开心。

他非常健康，娇嫩宛若珍宝。他有一头金色的头发，简直就是波提切利画中的小天使。我把他抱在怀里，陪他玩，抚摸他，逗他笑，怎么都不觉得厌倦。

记得我对朋友们说，这一次我终于体会到拥有正常孩子的感觉。

我高兴得太早了。托马身体很脆弱，经常生病，有时还需要住院。

有一天，主治医师鼓起勇气，告诉了我们事情的真相：托马和他哥哥一样，也是残障儿。

托马比马蒂约小两岁。

事情的发展终于走上了“正轨”，托马会越来越像他的哥哥。托马是我的第二次世界末日。

上天给我安排的命运太沉重了。

即使法国一台打算拍电视片，想设计一个命运悲惨的主人公，让观众看完后黯然落泪，也不敢采用我的经历。因为他们担心情节过于悲惨的话，反倒让人难以相信,甚至害怕观众看完后觉得滑稽。

上天给了我扮演慈父的机会。

我的外形合适吗?

我真能赢得别人的敬佩吗?

我的角色会让人心痛,还是让人发笑?

“爸爸，我们去哪儿？”

“我们去卢尔德。”

托马笑了，好像他听懂了似的。

祖母跟着一位能说会道的女士来了，她们劝我带孩子们去卢尔德进行治疗。祖母说她愿意承担路费，只希望能出现奇迹。

卢尔德很远，要坐十二个小时的火车，况且还要带着两个讲不通话的孩子。

祖母说，回来后他们就变聪明了。她没敢加上“如果有奇迹的话”。

不管怎样，不会有奇迹出现的。有人说残障儿是上天的惩罚。如果我听到的这种说法是真的，圣母玛利亚肯定不会干预进来，创造奇迹，因为她肯定不想改变上天已经做出的决定。

黑夜里，火车上，人群中，他们也许会走丢，再也找不回来。

这也许才是所谓的奇迹吧。

如果你的孩子是残障儿，你还要学会忍受别人说三道四。

有些人认为，残障儿不会平白无故降临。一个想“安慰”我的人给我讲过这样一个故事：有一位年轻的修道院修士，马上就要被任命为神甫了，却遇到一个姑娘，并疯狂地爱上了她。于是修士离开修道院，和姑娘结了婚。后来他们生了一个孩子，是残障儿。这可真是报应啊。

还有些人说，如果你生出残障儿，其中肯定有原因。“因为你的父亲……”

那天晚上，我梦见自己在酒馆里遇到了父亲。我把孩子们介绍给他，他过世太早，还从来没见过他们。

“嗯，爸，你看。”

“他们是谁？”

“你的孙子，你觉得他们怎么样？”

“不怎么样。”

“全得怪你。”

“你胡说什么？”

“你应该清楚，是因为比赫酒[1]。如果上辈人嗜酒的话……”

他转过身去，又要了一杯比赫酒。

---

① Byrrh，法国专利开胃酒，酒精含量百分之十八。

有些人说："他一出生我就掐死他，就像掐死一只猫。"说这种话的人肯定缺乏想象力，因为没人看见他们掐死过猫。

其实，婴儿刚出生时，除非身体有畸形，否则不一定能看出是否存在残障。我的两个孩子小时候和别的孩子没有太大不同。他们同样不会自己吃饭，不会说话，也不会走路。他们有时也会笑，尤其是托马。马蒂约笑得倒是少一些……

残障儿出生后，我们未必能马上发现缺陷，因为没有人期待这种事情的发生。

还有些人说："残障儿是上天赐予的礼物。"他们这样说并不是为了打趣，而是因为生出残障孩子的人确实太少了。

收到礼物的人肯定想说："唉，我宁愿不要这样的礼物……"

托马出生后不久，收到了一套非常精美的礼物：一只银杯、一个银盘和一把银勺。勺柄和盘子周围带有扇贝形状的凹凸花纹。这是他的教父送的礼物。这位教父是银行总裁，是我们的好朋友。

后来托马长大了一点儿，缺陷很快暴露了出来，他就再没收到过教父的礼物。

如果托马发育正常的话，也许他还会收到插着金羽毛的钢笔、网球拍、照相机……但他是非正常儿童，就再也没有权利收到任何礼物了。我们不埋怨他的教父，我们能够理解。他的教父肯定是这样想的：“老天没有厚待他，我干吗还要宠爱他？”而且不管他给什么，他也不会用。

我一直保存着粥盘，它现在是我的烟灰缸。托马和马蒂约不抽烟，他们不会抽烟，但他们需要吃药。

每天都要给他们服用镇静剂，好让他们保持安静。

残障儿的父亲应该是愁眉苦脸的。他的肩上背负着沉重的十字架，脸上戴着痛苦的面具。他根本不可能戴上大红鼻子逗别人开心。他没有权利笑，因为对他而言，笑是最不合适的。如果有两个残障孩子，痛苦程度应该乘以二，他也理应表现出双倍的不幸。

倒霉的时候，应该有倒霉的样子，神情应该是不幸的，这才叫生活的艺术。

我经常缺乏这样的处世之道。记得有一天，马蒂约和托马所在的医疗教育中心主治医师跟我进行了一次交谈。我告诉他，我很担心这样一件事：我时常问自己，托马和马蒂约到底是不是完全正常……

我说的话，他并不觉得幽默。

他是对的，确实不幽默。但他没明白，这是我不让自己被痛苦彻底淹没的惟一办法。

大鼻子情圣可以用自己的鼻子打趣，我就可以拿两个儿子开玩笑，这是我作为父亲的特权。

我作为两个残障儿的父亲，应邀参与录制了一个电视节目，讲述自己的感受。

我说到了自己的孩子们，特别强调了一点：他们经常干蠢事逗我开心。我还说，不应该剥夺残障儿逗我们开心的权利，对他们来讲，这是非常难能可贵的。

正常孩子吃奶油巧克力弄得浑身都是，周围人都会笑；如果换了残障儿，便没人笑了，残障儿不会让任何人开心。除了个别蠢货嘲弄他们的时候满脸嘻嘻哈哈，他们看不到别人的笑容。

节目录制完了，播出了，我看到了。

所有谈论笑的片段都被删除了。

电视台领导认为应该替家长们考虑，我的言论可能会对他们产生冲击。

托马想自己穿衣服。他穿上了衬衫，但不知道怎么系扣子。现在他开始套羊毛衫了。羊毛衫上有个破洞，他不遵循正常孩子的穿法，没有把头伸进领口，而是选择了一种高难度的穿法，一门心思地想把头套进那个破洞里。洞只有五厘米大，这下子可费劲了。他折腾了半天，发现身边的人不仅在注视着他，而且还在笑。他每试一次，洞就变大一点。他毫不气馁，别人越笑越厉害，他倒越套越起劲儿。十几分钟以后，他终于成功了。他的头从洞里钻出来，脸上满是灿烂的笑容。

短幕喜剧结束了，我们很想为他鼓掌。

快到圣诞节了，我去玩具店买玩具。一名售货员接待了我。我没有任何问问题的意思，他却坚持给我做介绍。

“给几岁的孩子买玩具？”

我一不小心，顺嘴告诉了他：马蒂约十一岁，托马九岁。

售货员为马蒂约推荐了几种科普玩具。我记得有一种是个小匣子，里面装着几个铁块和很多电线，小孩子可以尝试自己动手组装一台收音机。他为托马推荐了法国地图拼图，所有省和城市的名字都是切下来的，需要重新拼回去。在那一刻，我幻想着马蒂约能够组装起一台收音机，托马能够拼出一幅法国地图，只是斯特拉斯堡跑到了地中海边上，布雷斯特归了奥弗涅省，马赛出现在了阿登省里。

售货员还向我推荐了名叫“小化学家”的玩具，小孩子可以自己在家做化学实验，制造出五颜六色的火焰和爆炸效果。他为什么不给我推荐“小自杀者”玩具呢，系上炸弹腰带，一下子解决所有问题……

我耐心地听完介绍，道了谢，然后做出了自己的决定。跟往年一样，我给马蒂约买了积木，给托马买了小汽车。售货员非常疑惑，但什么都没说，默不作声地把我要的玩具包了两个礼包。他一直盯着我，直到我提着礼包走出商店。出门的时候，我看到他向同事做了个手势：用手指了指自己的前额，好像在说：“这人脑子有问题……”

托马和马蒂约从不相信有圣诞老人，也不相信有圣子，所以他们从没给圣子写信要求任何礼物。他们是对的。特殊的境遇让他们明白圣子不可能送别人礼物。即使送了，你也别当真。

我们不用向他们撒谎，也不用偷偷摸摸地给他们买积木和小汽车，我们用不着假装。

我们从没摆放过耶稣诞生马槽，也从不准备圣诞树。

我们不买蜡烛，害怕引起火灾。

我们的家里没有小孩子惊奇的目光。

圣诞节和其他日子一样。圣子还没有诞生。

最近，政府颁布了鼓励残障人士就业的措施。雇用残障人的企业可以享受财政和税收优惠。多好的举措啊！据我了解，外省有一家餐馆雇用智商轻度低下的年轻人做服务员。这些服务员态度非常殷勤，很让人感动。但你要当心，别让他们端带汤的盘子，否则你最好穿上防水衣。

于是，我不由自主地想象马蒂约和托马工作的情景。

马蒂约经常发出“呼隆，呼隆”的声音，可以去当汽车司机。他开着挂斗汽车穿越欧洲，斗里拉着好几吨货物，挡风玻璃被玩具长毛熊挡得严严实实。

托马喜欢玩小飞机，喜欢把它们放在盒子里。他可以去当机场调度员，负责调度重型运输机的降落。

他们是两个连自卫能力都没有的孩子。让-路易，你作为父亲，还这样取笑他们，不感到羞耻吗？

不，这不影响我对他们的感情。

有一段时期，我们雇了一位阿姨，在家里照看孩子。这个阿姨叫若斯，是个来自北方的女孩儿，头发染成了金黄色，土里土气的，简直一副农妇模样。来我们家之前，她在里尔郊区的大户人家里做过工。她希望我们买个小铃铛，需要她的时候可以摇一摇。我记得她还希望知道家里的银餐具放在哪里，在上一户人家做工时，她养成了每周整理一次银餐具的习惯。太太说那是乡下人的做法。但没想到若斯这一次真的来到了乡下……

她通情达理，和孩子们相处得很好。她像对待正常孩子一样对待他们，既不溺爱，也不过分怜悯。该严厉的时候,她很严厉。我觉得她挺喜欢他们。他们干了蠢事后,我听到她说:“你们是不是脑袋里进草了!”

这是迄今为止惟一正确的诊断。若斯说得很对,他们脑袋里肯定进草了。这一点连医生都没发现。

我们家的相册像鲽鱼一样扁平。我们不喜欢给他们拍照，因为反正也不想拿给别人看。要是对正常孩子的话，我们就会利用各种场合，给孩子穿各式各样的衣服，让他摆不同姿势，然后给他照相。比如第一次吹蜡烛、第一次学走路、第一次在浴缸里洗澡。大人们会温柔地看着他，一步一步跟在他后面，伴随他成长。而对残疾儿童，我们并不想眼睁睁地看着他摔跤。

马蒂约只有几张照片。我每次看他的照片，都必须承认他长得实在不好看，不正常的特征实在太明显。但作为家长，我们眼里忽视了这些缺点。在我们眼里，他很漂亮，因为他是我们的第一个孩子。不管怎样，人们总会说“漂亮宝宝”。婴儿不可能难看，即使难看，也不能说出来。

我很喜欢托马三岁时拍的一张照片。他坐在小安乐椅上，我把他连人带椅子放到了大壁炉里，周围是柴架，下面是柴灰。他坐的地方，就是点火的地方——一个脆弱的小天使坐在魔鬼的座位上，脸上带着微笑。

今年，朋友们给我寄来了贺年卡，卡上印着他们和孩子们在一起的照片，一家人脸上都挂着幸福的微笑。对我们来说，拍一张这样的照片太难了，先要预约托马和马蒂约的笑容，我们大人也并非随时能摆出一副笑脸。

照片上，在两个小家伙坑坑洼洼、头发蓬乱的脑袋上方用斜体金字印上“新年好”，我认为不太雅观。贺卡上带着这样的照片，与其说是贺卡，倒不如说是雷泽的漫画杂志《剖腹自杀》的封面。

有一天，我看到若斯在用橡皮搋子抽水槽。我对她说，我得再去买一把。她问我："先生，为什么要两把？一把就够了。"

我回答说："若斯，您忘了我有两个孩子。"

她还是没明白。我又对她解释说，如果带马蒂约和托马散步时遇到水沟，搋子就派上用场了。我把搋子吸在他们头上，然后只要提起手柄，他们的脚就离开了地，这样他们既可以跨过水沟，又不会弄湿鞋子，比抱着他们过河方便多了。

若斯听完吓坏了。

从那天起，搋子就不翼而飞了，肯定是被她藏了起来……

马蒂约和托马正在酣睡，我端详着他们。

他们在做什么梦呢？

他们的梦和别人的一样吗？

深夜里，也许他们梦到自己变得很聪明。

深夜里，也许他们要再加一筹，梦到自己智力超群。

深夜里，也许他们都是巴黎综合工科学校的毕业生，是学识渊博的研究员，他们的研究都取得了成功。

深夜里，也许他们发现了规律、定理、定律和公设。

深夜里，也许他们在进行高深的演算，一辈子也算不完。

深夜里，也许他们会说希腊语和拉丁语。

为了不让别人发现，也避免别人打扰，一到白天，他们就装回残障儿。为了享受宁静，他们假装不会说话。别人问他们话时，他们装作不知所云，这样就不用回答了。他们不想去学校，不想做作业，也不想上课。

我们应该理解他们，夜里他们时刻保持紧张，白天需要休息，所以白天就会做蠢事。

我们做的惟一一件漂亮事，就是给你们起了个好名字。我们希望你们的名字既时髦又好听，还能照顾到宗教含义，所以最后选择了“马蒂约”和“托马”。我们无法预料你们的未来，只希望你们能和别人和睦相处。

如果我们想祈求上天保佑你们，那我们显然是没有办到。

看看你们的小胳膊、小腿儿，就知道你们不属于人猿泰山的类型……难以想象你们在热带丛林里能从一个树枝跳到另一个树枝，与凶猛的野兽搏斗，用超人的臂力拽掉狮子的下巴，拧断水牛的脖子。

你们倒更像是热带丛林的羞耻——那个细手细脚的泰佐。

但你们应该知道，我更喜欢你们，而不是彪悍的人猿泰山。你们是我的两只小鸟，你们更让我感动，你们让我想到了 E.T.。

托马戴着小眼镜，镜架是红色的，很适合他。要是他再穿上背带裤，简直就像个美国大学生，魅力十足。

我想不起来是怎么发现他视力不好的。现在他戴着眼镜，看东西应该很清楚：史努比、他自己的画……我曾天真地认为，也许他戴上眼镜就会看书了。我打算先给他买些连环画，再买系列小说《蛛丝马迹》，然后是大仲马、凡尔纳，还有《大莫纳》，最后没准还会买普鲁斯特，有何不可呢？

不，他永远不可能会读书。即使纸上的字变清晰了，他脑子里却还是一片混沌。他永远不会明白，书页上密密麻麻的苍蝇脚印是在给我们讲故事，能把我们的思绪带到另一个世界。他面对书页，就像我面对古埃及象形文字一样。

他肯定以为书上的文字是一幅幅很小的画，没有任何含义。或者他以为一行行的字是蚂蚁排成的队。他看着它们，惊讶地发现，即使伸手拍它们，它们也不会逃跑。

乞丐为了博得路人的同情，都努力展示自己悲惨的一面，比如畸形足、残肢断腿、身边年老的狗、被咬伤的猫，或者他们的孩子。我具备效仿他们的条件。我有两个绝好的诱饵，足可以打动路人——只要让他们穿上海军蓝的小破风衣，我拿一块硬纸板坐在地上，装出一副历尽苦难的样子，再找件乐器，演奏些吸引人的曲子，马蒂约随着节奏拍打他的球。

我一直梦想成为喜剧演员，所以我还可以背诵维尼的长诗《狼之死》，托马表演拿手的狼嚎："鲁鲁，他在哭泣……"

也许演出真能打动观众，给他们留下深刻印象。也许他们会给小费，我们可以拿小费买比赫酒喝，祝福他们的祖父身体健康。

我做了件出格的事——给自己买了辆宾利车，一辆二手的壁虎马克，二十二马力，百公里耗油二十公升。车身是海军蓝偏黑色，内部是红色皮饰，仪表盘是轮纹岩柏木的，上面布满了小圆刻度表和宝石般闪闪发光的指示灯。它就像一辆华丽的四轮马车，停下来的时候，路人以为下车的会是英国女王。

我开着它去医疗教育中心接托马和马蒂约。

我像侍奉王子一样，让他们坐在后排的车座上。

这辆车让我很自豪。路人看到它时，眼里都带着崇敬，像是期待看到后面坐着某位名人似的。

如果他们真看到车后坐着的人，肯定会失望，因为英国女王的位子上坐着两个奇形怪状的小家伙，嘴角流着口水。其中一个聪明绝顶，不停地重复着：“爸爸，我们去哪儿？爸爸，我们去哪儿？”

记得有一次，在路上，我模仿别的父亲接孩子放学的样子，跟他们交谈。我凭空想出了几个跟学习有关的问题：“我说马蒂约，那个关于蒙田的作业怎么样啦？你的论述得了多少分？托马，你呢？你的拉丁语翻译里犯了几个错？三角学学得怎么样？”

我一边问他们学习情况，一边看了看后视镜。他们的小脑袋头发蓬乱，眼睛里目光呆滞。也许我期待他们能严肃地回答问题，从那刻起停止假装残障儿的游戏，因为这个游戏一点也不好玩。也许我期待他们能端正态度，像正常人一样，表现得和别人没有差别……

我停顿了片刻，等他们回答。

托马重复了好几遍：“爸爸，我们去哪儿？爸爸，我们去哪儿？”马蒂约还在发出“呼隆，呼隆”的声音……

原来这不是游戏。

托马和马蒂约长大了,他们分别已经十一岁和十三岁了。我琢磨着,有一天他们长出了胡子,还得给他们刮胡子。我开始想象他们满脸胡子的样子。

我还琢磨着,等他们长大后,给他们每人买把像短剑一样的大刮胡刀,把他们关进浴室,任凭他们自己拿着刮胡刀折腾。等浴室里不再有动静了,我们就可以拿着粗麻墩布进去打扫了。

我把这些讲给太太听,想逗她一笑。

每个周末，托马和马蒂约从医疗教育中心回到家里，身上不是擦伤就是抓伤，我觉得他们肯定经历了殊死的搏斗。要不就是乡下的医疗教育中心禁止斗鸡以后，陪护人员开始组织斗小孩，不仅能解闷，还能挣够当月的花销。

从伤口的深度来看，他们肯定给参加搏斗的孩子手指上装了铁爪子。太不像话了！

我必须给医疗教育中心的领导写信，制止这种事情。

托马不用嫉妒他哥哥了，因为他自己也会有一个支架——用铬和皮革制成的脊柱矫形架，形状十分吓人。他和哥哥一样，逐渐瘫痪了，背也驼了。用不了多久，他们就会跟整天在地里拾甜菜的小老头一个模样。

矫形架价格昂贵，是巴黎一家名叫“乐派特”的专业工作室用纯手工制造的。这家工作室坐落在拉莫特-皮克一带。他们每年都在长大，所以每年我们都要带他们去那里，重新量尺寸，定做新矫形架。幸好他们每次都很听话。

铬闪闪发光，他们戴上矫形架后，就像身披盔甲的罗马战士，或是科幻连环画里的人物。

把他们抱在怀里，感觉像是抱了一个机器人，一个铁娃娃。

晚上，要用扳手才能把矫形架拆下来。卸掉“盔甲”后，他们赤裸的上身有金属架留下的紫印。他们就像褪了毛的小鸟，哆哆嗦嗦的。

我在电视台参与录制过很多关于残障儿的节目，记得第一次是在一个叫做“Stock Shots”的评选漂亮宝宝节目上。节目的背景音乐是安德烈·达萨里的歌：“让我们歌唱青春吧，青春蔑视虚荣，飞向胜利……”

在我看来，评选漂亮宝宝是个奇怪的活动。我一直弄不明白为什么要祝贺生出漂亮孩子的家长，还给他们奖励，好像他们做得很好似的。按照这种逻辑，为什么不谴责或惩罚残障孩子家长呢？

我又看了一遍节目——母亲们个个信心十足、趾高气扬，高举着自己的宝宝展示给评委们看。

真希望她们失手把孩子摔到地上。

我比平时回来得早了一点儿。若斯一个人待在孩子们的房间里，两张床都是空的，窗户敞开着。我从窗户探出身，向下看了看，内心有种莫名的慌张。

我们住在十五楼。

孩子们在哪儿？怎么听不到他们的声音。肯定是若斯把他们从窗户扔出去了。她肯定是被逼疯了，报纸上出现过几次类似的报道。

我很严肃地问她："若斯，您为什么把孩子扔出去？"

其实，我是想开个玩笑，冲淡刚才的想法。

她不明白我的意思，没有作声，只是一脸的惊愕。

我继续用同样的口吻说："若斯，您这么干可不好。我知道他们有残障，但也不应该把他们扔出去啊。"

若斯吓坏了，她看着我，一句话也没说。我想，她肯定觉得我很可怕。她跑到我和太太的卧室，把两个孩子抱过来，放在了我面前。

若斯显得很不平静，她肯定在想："难怪您生的孩子都有点傻。"

马蒂约和托马永远都不会知道谁是巴赫、舒伯特、勃拉姆斯、肖邦……

他们永远不会欣赏音乐大师的杰作。他们更体会不到，在没有暖气的清晨，人们情绪低落、心境阴郁时，大师们的音乐能帮助人们鼓起生活的勇气。莫扎特的柔板不会让他们浑身起满鸡皮疙瘩，贝多芬的雄壮和李斯特的变幻不会使他们情绪激昂，听完瓦格纳他们也不会有冲出去征服波兰的冲动，更不会为巴赫激昂的舞曲和舒伯特悲伤的旋律感动得热泪盈眶……

我让他们体会高保真音响的效果，我想给他们买一套。我还想送他们一些唱片，放在属于他们自己的第一个唱片柜里……

我想跟他们一起听音乐，进行“唱片大讨论”，评价不同版本的优劣，选出其中最好的……

让他们随着贝内代蒂、古尔德和阿劳的钢琴或梅纽因、奥伊斯特拉赫和米尔斯坦的小提琴激动得浑身颤抖……

带他们透过音乐看到隐隐约约的天堂……

秋天到了。我开着宾利车穿行在孔皮埃涅森林里，托马和马蒂约坐在后面。车外的景色美得无法用语言形容。森林一片火红，简直是一幅华铎的风景画，而我却没办法对托马和马蒂约说一句“看啊，多美”，因为他们根本不在欣赏景色，他们才不在乎呢。我们永远不可能一起欣赏任何事物。

他们也永远不会知道华铎是谁，因为他们从不去博物馆。精神上的巨大愉悦能帮助人类生存下去，他们却连欣赏的权利都被剥夺了。

幸好还有薯条，他们喜欢吃薯条。尤其是托马，他还会说：“薯条。”

我独自开车带着托马和马蒂约时，脑子里时常产生一些奇怪的想法。我应该去买两瓶饮料，一瓶液化气，一瓶威士忌，然后把它们全喝光。

我心里想，如果发生严重交通事故，也许倒是好事，尤其是对我太太而言，更是如此。孩子们一天天长大了，变得越来越难照料，我也越来越难以承受生活的压力。我干脆闭上眼睛，加大油门，就这样闭着眼睛，尽量不睁开。

我永远忘不了太太第三次怀孕时接待我们的那位医生，他简直棒极了。当时，我们本打算流产，但他对我们说："我不妨直截了当地告诉你们，目前你们的处境非常糟糕。你们已经有两个残障孩子了，如果再添一个，你们的生活会有很大不同吗？但万一这个孩子是正常的，一切都会改变，你们就能走出失败的阴影，迎来生活的希望。"

我们生活的希望叫玛丽，她完全正常，长得很漂亮。如果说前两次是在打草稿，倒也在情理之中。只是前两次太太怀孕时，医生们都表现得很有把握。

玛丽出生两天后，一位儿科医生来给她做检查。

他在检查脚的时候花了很长时间，随后大声说："好像一只脚是畸形……"过了一会儿，他又说："不不，我想我弄错了。"

他这么说，肯定只是想逗大家一笑而已。

女儿长大了，她是全家人的骄傲。她很漂亮，也很聪明。直到那时，我们才算对命运进行了一次有力的回击……

只是玩笑开过了头，就变得不好笑了。

孩子的母亲被我逼到绝路，再也无法忍受，最终选择了离开。她走的时候，脸上还带着笑容。我可真是活该，但也只能这样了。

就剩下我一个人了，我有点不知所措。

我想再找个年轻漂亮的女士为伴。

我还构思了征婚启事：

“四十岁中年男子，有三个孩子，其中两个有残障。欲觅年轻、貌美、有教养、有幽默感的女士为伴。”

对方要满足这么多条件，尤其要懂得黑色幽默。

我倒是见了几个漂亮的女士，但她们没有思想。我没敢跟她们谈及孩子，否则她们肯定马上转身就走。

有一次，我约了一位金发女郎。她知道我有孩子，但不太清楚他们的状态。我还记得她是这样说的："什么时候把我介绍给你的孩子们？你好像不太愿意啊，觉得我上不了台面吗？"

马蒂约和托马的医疗教育中心里有不少年轻女辅导员，其中有个高个子的，非常漂亮。她当然是理想的人选啦，因为她不仅认识孩子们，还了解他们的"习性"。

但最终她没有答应。她肯定是这样想的："平时照顾残疾孩子也就罢了，毕竟这是我的工作，要是周末还得面对他们……"要么就是因为我不属于她喜欢的类型，她也许会这样想："看起来这家伙专生残障儿，我要是和他在一起，生出的孩子肯定也有残障，还是免了吧。"

这之后，我认识了一个有魅力的姑娘，气质很好，还有幽默感。她对我和两个残障儿子很感兴趣，于是留了下来，我们真幸运。在她的帮助下，托马学会了开关碰锁。但好景不长，第二天他就全忘了，又不会弄了，又得从零教起。

对待孩子们，千万不能怕重复，他们扭头就忘，因此我们必须坚持不懈。当然了，因为不用墨守成规，所以也不会感到厌烦。对他们来说，没有什么是过时的，一切都是新鲜的。

我可怜的小鸟们，有一个人给我带来了生命中最美好的时光，而你们却永远认不出她是谁。一想到这里，我心里就充满了悲哀。

和她在一起时，仿佛世界上只有她存在，我自己完全是为她而生，因她而生。一听到她的脚步声或说话声，我就浑身颤抖；一看到她，我就全身瘫痪。抱她太紧，怕把她抱坏；亲吻她，又怕燃烧自己。有她在，周围世界一片模糊。

你们永远体会不到这种感觉，从头到脚全身酥麻，美妙无比。它比触电还强烈，让人手足无措。你会像疯了一样，即使上刑场也毫不惧怕。它让你思绪凌乱，不知所措。你就像掉进了大漩涡里，失去理智，激动不已。它使你心猿意马，笨嘴拙舌，满脸通红，情绪起伏不定。它让你浑身汗毛直立，说话结结巴巴，自己都不明白自己在说什么。你会为之哭，为之笑。

唉，因为你们永远不会把“爱”这个动词变位到第一人称单数一般现在时。

在街上，遇到有人要我资助残障儿时，我都会拒绝。

我不敢说自己也有两个残障儿子，怕他们以为我是在开玩笑。

我会面带微笑，用轻松的语气告诉他们：“我已经给过钱了。”

我最近写了一个关于小鸟的故事。我给这只鸟起名叫“不飞”。它不是普通的鸟儿，因为患有恐高症，所以显得有点与众不同。作为鸟儿，它可真不走运。但它有志气，不因自己的缺陷而自暴自弃，反而还拿缺陷开玩笑。

每当别人要求它飞的时候，它总是拒绝，还能找到有趣的借口，逗别人开心。它还很有胆量，敢嘲笑那些能飞的正常鸟儿。

就像托马和马蒂约嘲笑在街上遇到的正常孩子一样。

有时，世道也会反过来。

下雨了。若斯提前结束散步，带着孩子们回来了。现在，她正在喂马蒂约吃东西呢。

我没看到托马。我走出房间，看见走廊里的衣帽架上挂着一件婴儿套脚连裤衣，鼓鼓囊囊的，隐约露出小孩的轮廓。我走回房间，表情严峻地说："若斯，您为什么把托马挂在衣帽架上？"

她看着我，满脸迷惑。

我继续调侃地说："虽说他是残障儿，您也不应该把他挂在那儿。"

若斯恢复了镇定，回答说："先生，它湿透了，我把它挂起来晾一晾。"

孩子们都很友善。带他们去商店的时候，托马会拥抱每一个人，无论是年轻的还是年老的，有钱的还是没钱的，平民或是贵族，白人或是黑人。他对别人没有歧视。

试想一下，突然有个十二岁的小男孩跑过来亲吻你，你肯定会感到尴尬。有的人会后退，有的人能接受，随后一边用手绢擦脸，一边说："这孩子真乖。"

他们确实很乖。他们天真无邪，眼里看不到任何丑陋的东西。他们来自原罪出现前的理想世界。在那里，每个人都是好人，大自然中没有任何危险，所有蘑菇都没有毒，老虎任人抚摸。

带他们去动物园,他们甚至想亲吻老虎。以前他们拽猫尾巴,猫居然不挠他们,很是奇怪。猫肯定是这样想的:“他们是残障儿,心智不全,我不跟他们计较。”

如果托马和马蒂约拽老虎尾巴,老虎也会这样想吗?

我想试验一下,但要先通知老虎。

我带他们散步的时候，觉得手里拉着两个像木偶一样的布娃娃。他们很轻，骨架小而脆弱。他们长不大，也长不胖，已经十四岁了，看上去还像七岁的样子，真是两个小调皮鬼。他们不会说法语，只会说调皮鬼的语言。他们会学猫叫、狮吼，还有犬吠。他们发出叽叽喳喳、咕咕哒哒、嘎嘎哇哇、吱吱呀呀的声音，我也不能完全明白。

这两个小淘气的脑袋里到底有什么？肯定没有弦儿。除了稻草之外，大概没什么东西了。充其量还有个小鸟的大脑，要不就是有一台老旧的收音机，或是不能用的无线电接收器。外加一堆焊得乱七八糟的电线、一只晶体管、一个左右摇晃、时亮时灭的小灯泡,还有几句录好的话,翻来覆去地播放着。

他们的脑袋长成这样,难怪不太聪明。他们永远不可能成为巴黎综合理工大学的学生,实在很遗憾。我的数学很糟糕,要是他们能上这所大学,我肯定会很骄傲。

几天前,我发现马蒂约在津津有味地看书。我激动坏了,赶忙跑过去。

结果,我发现他的书拿倒了。

我一直很喜欢读《剖腹自杀》，曾经想过给这部画刊推荐个封面。我弟弟是巴黎综合理工大学的毕业生，我打算把他那身肥大的校服和双角帽借来，让马蒂约穿上，然后给他拍张照片。我还有这样一个幻想："今年，巴黎综合理工大学毕业生的第一名是个男孩[①]。"

马蒂约，原谅我。产生这种变态想法并不是我的错。我不想嘲笑你，而是想嘲笑自己，证明自己有勇气面对苦难。

① 前一年，第一名首次被一个名叫安娜·绍比奈的女生夺得。

马蒂约的背驼得越来越厉害了。运动疗法、金属支架对他都不起作用了。他才十五岁，但看起来像是个锄了一辈子地的老农民。带他出去散步，他只能看到自己的脚，连头顶上的天都看不到。

我想过在他的鞋尖上贴两面小镜子，像汽车反光镜一样，让他能看到天……

他脊柱的侧凸不断加重，照此发展下去，可能会影响到呼吸。必须冒险给他的脊柱做一次手术。

手术做完了，他彻底直起来了。

三天以后，他身体直直地离开了我们。

手术让他看到了天，应该算是成功了吧。

我的小男孩很可爱，整天笑嘻嘻。他的小眼睛像老鼠一样，黑黑的、亮亮的。

我总是担心把他弄丢，因为他已经十岁了，却只有两厘米高。

他刚出生的时候，我们很惊讶，还有点担心。但医生马上就让我们放下了心，他说：“孩子完全正常，就是发育有点迟缓，他会长大的，你们要有耐心。”我们耐心地等着，却始终不见他长大，我们的耐心终于耗尽了。

十年过去了，他的身高依然没有超过一岁时刻在墙围子上的横线。

没有学校愿意接收他，理由是他太与众不同了。我们只好让他待在家里，给他请家庭教师。愿意教他的家庭教师也非常难找，因为会很操心，而且还要担责任。他这么小，万一丢了就麻烦了。

他经常爱捉弄人，喜欢把自己藏起来，别人找他也不出来。想找到他可不容易，要翻遍大大小小的衣兜，拉出每个抽屉，打开所有盒子。上一次，他居然把自己藏在火柴盒里了。

给他梳洗可真是件难事。我们总担心他会掉进盆里，淹着自己，或是被冲进盥洗池的下水口。最有难度的还得算是给他剪指甲了。

我们得跑到邮局去，用称信的秤才能量出他的体重。

他这两天牙疼。没有牙医愿意给他治疗，我只好把他带到钟表匠那里。

凡是有家长或朋友看到他，都会说:“他长高了。”我从来不相信这种话，因为我知道他们这么说，只是为了让我高兴。

有一天，一位勇气非凡的医生告诉我们：他永远长不高了。真是晴天霹雳！

渐渐地，我们也习惯了，而且还体会到了其中的妙处。

我们可以把他带在身上，放在手里，他体积不大，放在兜里也很容易。坐公交车时，他不用买票。最重要的是，他招人喜欢。他总爱帮我们抓头上的虱子。

有一天，他丢了。

我在落叶堆里寻找，一片叶子一片叶子地翻，找了一个晚上。

那是在秋天。

那是一个梦。

不要以为残障儿离开我们的时候，我们不会太悲伤，其实这和失去正常孩子没有区别。

他从来不知道幸福是什么滋味，却已经离开了我们，真让人难过。他在人世间转了一小圈，体会到的只有痛苦。

我们想念他的时候，脸上实在很难有笑容。

也许有一天，我们三个会再相见。

我们能认出对方吗？你们会变成什么样子？你们会穿什么衣服？在我的记忆里，你们总是穿着背带裤。再见面时，也许你们会穿三件套西装，或是像天使一样穿得全身洁白？为了显得严肃，你们可能留起了小胡子，或者大络腮胡？你们的样子会变吗？你们会长大吗？

你们还能认出我吗？那时候，我的健康状况可能已经非常差了。

我不敢问你们是否还有残障……天堂里也有残障人吗？也许在那儿，你们会跟其他人一样？

我们是否终于可以进行男人间的交流，谈论一些我在人世间没能对你们说的重要事情？因为在人世间，你们听不懂法语，我却又不会说调皮鬼的语言。

在天堂里，也许我们终于能明白对方了。还有一点很重要，我们又能见到你们的祖父了。我从没向你们提起过他，你们也压根没见过他。他可是个让人吃惊的人物，等着瞧吧，你们肯定会喜欢他，他总能逗人开心。

他肯定要开车带我们去兜风，领我们喝点什么，天堂里只有蜂蜜水可喝了。

他肯定会开快车，很快，非常非常快。我们不会害怕。

我们什么都不怕，因为我们已经死了。

在那段日子里，我们担心托马会因哥哥的死而伤心。刚开始的时候，他翻箱倒柜，到处乱找，但没过多久就不找了。他的注意力转移到了别的事儿上，像画画、照顾史努比，等等。托马喜欢素描和油画，作品风格基本属于抽象派，可以说是没有经过形象派阶段而直接跨入了抽象派。他的画作颇丰，一旦画完便不再修改。他画了很多系列，但都以同样的方式命名，分别是“献给爸爸”、“献给妈妈”、“献给妹妹玛丽”。

他的画风变化不大，始终与波洛克[①]的风格比较

① Jackson Pollock(1912—1956)，美国抽象表现主义代表艺术家，常以在画布上泼洒颜料作画——译者注。

相近。他的画色彩艳丽，大小整齐划一。他情绪激动时，经常画到纸外面，在桌子上，甚至木地板上继续创作。

他每次画完后，都要把画拿给别人看。听到别人说他画得很好，他会很开心。

有时候，我会收到从儿童夏令营寄来的明信片，上面的景物通常是橘红的落日映照着山峰或大海。背面写着："亲爱的爸爸，我玩得很好，很开心。我想你。"落款是托马。

明信片上的字迹工整而清秀，没有拼写错误，肯定出自辅导老师之手。我明白她的心意，她想让我高兴。

可惜我不会因此而高兴。

我更喜欢托马乱涂乱画的天书。也许他的抽象画表达的内容更加丰富。

有一天，皮埃尔·德普鲁日[①]陪我去医疗教育中心接托马。他本来不太想去，在我的坚持下还是答应了。

皮埃尔和其他没来过的人一样，一出现就遭到几个小孩子的攻击。这些孩子嘴角上流着口水，东摇西晃地跑过来拥抱他，他看起来并不太享受孩子们的拥抱。皮埃尔忍受不了和自己类似的人，面对狂热的发烧友时也比较保守。但那一次，他还是友善地接受了孩子们的拥抱。

这次经历对皮埃尔触动很大。他还想再去医疗

① Pierre Desproge(1939—1988)，法国黑色幽默作家——译者注。

教育中心。他对那个古怪的世界着了迷——二十岁的“孩子”还整天亲吻毛毛熊，见到谁就要拉谁的手，甚至要用剪刀把别人剪成两半。

皮埃尔喜欢荒诞，这次他终于找到了荒诞大师。

一想到马蒂约和托马，我就想到两只羽毛蓬乱的小鸟。他们不是雄鹰，也不是孔雀，而是两只微不足道的麻雀。

他们穿着海军蓝的短大衣，下面露出两条腿，瘦得像金丝雀一样。给他们洗澡时，他们的肤色是透明的淡紫色，好像雏鸟长羽毛前的皮肤。他们的前胸隆起，身上净是排骨。他们的脑子也跟小鸟的脑子一样小。

他们只缺翅膀了。

很遗憾。

这个世界不属于他们，他们本可以离开。

他们本应拍打着翅膀，自由地飞翔。

在这之前，我一直没有公开谈论过他们。为什么？因为羞耻？还是怕别人怜悯？

都有一点。但最重要的是，我想回避一个可怕的问题："他们现在在干什么？"

其实，我可以瞎编一通……

"托马在美国麻省理工上学，正准备拿一个粒子加速器领域的文凭。一切进展顺利，他很高兴。他遇到了一个年轻的美国女孩儿，名叫玛丽莲，她长得漂亮极了。托马肯定要在美国定居了。"

他离你们那么远，你们不想他吗？

美国并不是世界尽头。只要他幸福，我们就很高兴。我们时常收到他的消息，他每周都给妈妈打电话。马蒂约正在悉尼的一家建筑师事务所实习，最近他那边倒是没什么新情况……

我也可以如实作答。

“你们真想知道他们在干什么吗？马蒂约什么都不干了，他已经不在了。你们不知情，不用道歉。失去一个残障儿，本来就不值一提。没了倒是一种解脱……

“托马还在，整天抱着个破破烂烂的娃娃，在医疗教育中心大楼的走廊里晃来晃去。他嘴里发出奇怪的声音，那是他在跟自己的手说话。”

“他几岁了？已经长大了吧？”

“不，他没长大，衰老了，但没有长大。他永远长不大。脑袋里一旦进了草，就永远长不大了。”

我小时候为了炫耀自己，经常干一些出格的事。六岁时，在集市上，我在卖鱼的摊子上偷了一条鲱鱼，随后好戏就开始了。我追着女孩儿们跑，拿鲱鱼蹭她们露在外面的腿。

中学时，我想表现拜伦式的浪漫气质，故意不在脖子上系领带，而是系了个大花结。为了显示对传统观念的藐视，我把圣母玛利亚的塑像摆在了厕所里。

每次到商店买衣服，只要售货员说一句“这件衣服不错，昨天一天就卖了十来件”，我就肯定不会买。我不想跟别人一样。

后来，我在电视台工作，有一些拍短片的任务。

我总是满怀兴奋地选用特殊视角来进行拍摄。

记得为电视台拍摄画家艾德华·比荣的纪录片时，发生过一段小插曲。他当时正在画一棵橄榄树的树干，有个小孩子从旁边经过。小孩子看了一眼他的画板，煞有其事地说："你画的什么都不像。"比荣听到小孩子的话后受宠若惊，回答说："你刚才的评价，是对我的最高赞誉。什么都不像的东西最难画。"

我的孩子们和谁都不一样。我如此喜欢与众不同，这一次，我应该满意了吧。

无论在哪个年代，无论在哪座城市的哪个学校，教室里肯定有这样一个学生，他目光呆滞地坐在后排的暖气边上。每次他只要一站起来回答问题，同学们就会笑。他总是答不对，因为他根本没听懂，他永远听不懂。但有时候，老师像虐待狂一样，非要他回答不可，目的是为了搞活气氛，取悦其他同学，提高自己的“收视率”。

这个学生两眼发空，呆呆地站在肆无忌惮的同学们中间。他并不想逗大家笑，他真的不是故意的。他也想听懂老师讲的课，但再努力也无济于事，他还是回答不对，他脑筋太慢了。

我做学生的时候，遇到这种事情，肯定第一个笑出来。如今，我却非常同情这样呆头呆脑的学生，他让我想到了我自己的孩子们。

幸好我的孩子们从来不上学，没人能在学校里嘲笑他们。

我不喜欢“残障”这个词。它原本是个英语词，意思是“手放在帽子里”。

我也不喜欢“非正常”，尤其是用来形容“小孩子”的时候。

“正常”到底是什么样子？是应该是的样子，必须是的样子，也就是普通的样子，中庸的样子。我不太喜欢中庸的事物。我喜欢不平凡的、超过平均值的，也许还包括不到平均值的，反正就是与众不同的。我喜欢“和别人不同”，因为不是所有人都能入我的眼。

和别人不同，并不一定非得比别人差，而只是说跟别人不一样。

一只与众不同的鸟儿应该是什么样子？它可能患有恐高症，也可能不用乐谱就会吹奏莫扎特的笛子奏鸣曲。

一头与众不同的奶牛，也许是会打电话的奶牛吧。

谈到孩子们，我说他们是“与众不同”的。这种说法让人不甚明了。

爱因斯坦、莫扎特和米开朗琪罗都很与众不同。

如果你们跟别人一样，我会带你们去博物馆，一起欣赏伦勃朗、莫奈和透纳的画，最后再回头欣赏伦勃朗的画……

如果你们跟别人一样，我会给你们买古典音乐唱片，一起听莫扎特，然后是贝多芬、巴赫，最后再听莫扎特。

如果你们跟别人一样，我会给你们买很多普莱维尔的书，还有马歇尔·埃梅、葛诺、尤内斯库的书，最后还是普莱维尔的书。

如果你们跟别人一样，我会带你们去电影院，一起看卓别林的老电影，还有爱森斯坦、希区柯克、布努埃尔的电影，最后还是卓别林的电影。

如果你们跟别人一样，我会带你们去有名气的餐馆吃饭，给你们喝尚波·穆兹尼酒，最后还是尚波·穆兹尼酒。

如果你们跟别人一样，我们可以一起打网球，打篮球，打排球。

如果你们跟别人一样，我们可以一起去爬哥特式大教堂的钟楼，在上面，我们能看到鸟儿看到的一切。

如果你们跟别人一样，我会给你们买时髦的衣服，把你们打扮成最帅的小伙子。

如果你们跟别人一样，我会开着老式敞篷车，带你们和女朋友一起参加舞会。

如果你们跟别人一样，我会悄悄地塞给你们零花钱，让你们给女朋友买礼物。

如果你们跟别人一样，我会为你们的婚礼举行隆重的派对。

如果你们跟别人一样，我也会有孙子。

如果你们跟别人一样，我也许会对未来少些

恐惧。

如果你们跟别人一样，你们会和普通人没什么区别。

也许，你们在学校里的功课一塌糊涂。

也许，你们会干些小偷小摸的勾当。

也许，你们会拆掉摩托车排气管上的消音器，让噪音变大。

也许，你们会失业。

也许，你们会迷上让-米歇尔·雅尔的电子乐。

也许，你们会娶个很蠢的女人。

也许，你们会离婚。

也许，你们的孩子会是残障儿。

幸好这一切都不可能发生。

我给猫做了结扎手术，事先并没有跟它打招呼，也没有征得它的同意，当然更没有向它解释结扎的好处和坏处。我只轻描淡写地骗它说，必须要去切掉它的“扁桃体”。好像从那以后，它就没给过我好脸色看。

我不敢正视它的眼睛，我后悔了。

记得以前有人提议，给残障儿做结扎手术。这样一来，社会的正常进化就有了保障，我的孩子也不可能再有自己的孩子。当然，我也就不会有孙子，不会有机会用自己的老手牵着孙子不停乱动的小手上街散步，不会有人问我太阳落山后去了哪儿。除了开车时跟在后面的小混蛋们嫌我速度太慢，叫我爷爷以外，不会有别人叫我爷爷。家谱到此为止，血脉就此中断。也许这样更好。

只允许人们生育正常孩子，漂亮婴儿的选举结果将是所有孩子并列第一。再后来，其他评选活动的结果也将是所有人并列第一。非正常儿童将禁止出生。

我的小鸟们不必担心，他们不会受到影响，因为他们的小鸡鸡跟滨螺差不多大，不会造成太大威胁。

前些天,我买了一辆二手的美国卡麦罗车。车身是深绿色,内饰是白色的仿真皮革,整体感觉非常炫。

我们开着车去葡萄牙度假。

我们想带上托马,让他看看海。我们到图尔的医疗教育中心去接他,这个中心叫“泉水中心”。

卡麦罗车平稳地行驶在路上。

我们在西班牙住了一夜,最后抵达目的地萨格里什。我们的酒店是白色的,天是蓝色的,耀眼的阳光照在海面上,景致如同在非洲一样。

终于到了,感觉真不错。我们把托马从车上扶下来,他很高兴。他看到酒店后,一边拍手,一边叫喊:

"泉水中心,泉水中心!"他以为又回到了医疗中心。也许他被太阳晃晕了,或是在开玩笑,逗我们开心吧。

酒店给人的印象有点矫揉造作。工作人员统一穿着酒红色制服,上面有金色的纽扣。每个服务员胸前都挂着名牌,接待我们的名叫维克多·雨果。托马又想拥抱大家了。

托马受到了王子般的礼遇。但开始吃饭前,服务生要撤掉摆在桌上的盘子,托马不喜欢这样。他生气了,抓住桌上的盘子,死活不放手,嘴里喊着:"不,先生,别拿我的盘子!别拿我的盘子!"他肯定以为撤掉盘子以后,就不给他东西吃了。

托马害怕大海,害怕海浪拍过来时发出的声音。我试着让他适应,抱着他走进海水里。他吓坏了,使劲抓着我。我永远忘不了他当时惊恐的表情。有一天,他终于想到了把我从海里骗出来的办法,好让我结束对他施加的"刑罚"。他露出非常急迫的表情,大声喊:"屎巴巴。"他的声音很大,竟然压过了哗啦哗啦的海浪声。我以为他要拉屎,赶紧把他从水里抱了出来。

但我马上意识到,他根本没事。我感动极了,托马不是傻瓜,他的小鸟脑袋里竟然有些智慧的火花。

至少,他会撒谎了。

马蒂约和托马的钱包里永远不可能有自己的银行卡和停车卡，他们甚至不需要钱包。他们拥有的惟一一张卡，就是伤残卡。

伤残卡是橙色的，颜色很喜庆。卡上的结论是："站立困难"，字是绿色的。

伤残卡由巴黎的共和国专员颁发。

按照百分比计算，他们的伤残度达到了百分之八十。

很显然，共和国专员对他们的状况不再抱有任何幻想，所以卡的有效期是"终身有效"。

卡上贴着他们的照片，可以看到他们奇怪的脑袋和呆滞的目光……他们在想什么呢?

直到现在,我还在使用这张卡。违规停车的时候,我把它放在汽车挡风玻璃后面,可以避免挨罚。

我的儿子们永远不会有自己的简历。他们都干过什么？什么也没干过。这样也不错，没人会对他们提要求。

他们的简历有什么值得写呢？先是不正常的童年，然后是长期在医疗教育中心接受看护，从“泉水中心”到“雪松中心”，名字倒是都不错。

我的孩子们永远不会有犯罪记录，他们太天真无邪了。他们没干过任何坏事，也不知道怎么干坏事。

冬天里，他们戴着风雪帽，只露出两只眼睛。我会把他们想象成银行抢劫犯。他们动作迟疑，双手颤抖，构不成太大威胁。

警察可以轻松地抓住他们，他们连跑都不会，哪儿来的本事逃走？

我始终不明白，他们为什么要忍受如此沉重的惩罚。他们什么都没干啊，太不公平了！

简直是一起骇人听闻的司法错案。

皮埃尔·德普鲁日演过一出短幕喜剧，我至今难以忘怀。在剧中，孩子们在母亲节和父亲节的时候对他大搞恶作剧，之后，他实施“报复”。

我从来没有“报复”的必要，因为没人对我搞恶作剧。我也没收到过孩子们的礼物或赞扬，什么都没有。

过节的时候，如果马蒂约能把酸奶盒改装成杂物盒——只需要在酸奶盒外面糊一层淡紫色的细毡，再用金纸剪几个小星星贴在上面——我就愿付出任何代价。

过节的时候，如果托马肯努力为我写一句“我受尔[1]”，即使字迹歪歪扭扭，我也愿付出任何代价。

---

① “我爱你”的别字——译者注。

过节的时候，如果马蒂约能用面团捏一个烟灰缸，刻上“爸爸”，哪怕烟灰缸的形状像洋姜一样稀奇古怪，我也愿付出任何代价。

他们与众不同，本可以送我一些与众不同的礼物。过节的时候，只要他们能送我一块鹅卵石、一片干树叶、一只绿蝇、一个栗子，或者一只瓢虫……我也愿付出任何代价。

他们与众不同，本可以给我画几张与众不同的画。过节的时候，如果他们能画一只扭曲变形的动物送给我，无论画得多么奇怪，风格像杜布菲①的骆驼还是毕加索的马，我也愿付出任何代价。

可是，他们什么都没做。

我认为，他们并非心怀恶意，也并非不愿意做。他们应该很乐意做，只是没有能力，因为他们双手颤抖，视力模糊，脑袋里还有草。

---

① Jean Dubuffet(1901—1985)，法国抽象派画家、雕塑家，提倡自发的、无意识的艺术创作——译者注。

亲爱的爸爸：

就要过父亲节了，我们想给你写封信，内容如下：

我们没办法祝贺你的所作所为，看看我们，你就明白为什么了。生育一个正常孩子有那么难吗？当我们知道每天有多少正常婴儿诞生以后，当我们看到其他家长的模样以后，我们意识到这应该不是一件很难的事情。

我们不要求你把我们生成神童，只要正常就好。在这件事上，你还是不愿意和别人一样，你达到目的了，我们却成了牺牲品。你觉得当残障儿有乐趣吗？我们确实享受了一些优待，不用上学，没有作业，不必复习功课，没有考试，也不会挨罚。但是，我们也得不到奖励，我们错过了很多东西。

马蒂约本来很喜欢踢足球。但你想一想，他身体这么脆弱，在球场上和一群野蛮的孩子踢足球，还能活着回来吗？

至于我嘛，本来想当一名生物学家，可脑袋里进了草，理想怎么可能实现呢？

你觉得我们整天和残障儿待在一起，这样很好玩吗？有些孩子可不是好对付的，他们不停地大喊大叫，影响我们休息。有的更坏，还要咬我们。

但我们不记仇，我们依然爱你。祝你父亲节快乐。

信后附了一张我为你画的画。

——吻你，不太会画画的马蒂约。

与众不同的孩子并非是法国的特产，其他国家还有不同的版本。

在托马和马蒂约的医疗教育中心里，有一个柬埔寨小孩儿。他的父母法语说得不好，跟中心的主治医师交流时有困难。有时候，他们和医生说话的情景甚至有点惊心动魄。谈话结束后，他们总是非常气愤，因为他们不相信医生的诊断。

他们的孩子是柬埔寨人，不是蒙古①人。

① Mongolian，兼有先天愚型患者的意思。

千万别谈论“基因”，这是个不吉利的字眼。

我没有主动找“基因”，是它找上了我。

看看我这两个相貌怪异的孩子吧，希望不是因为我的过错导致了他们的与众不同。

他们不会说话，不会写字，数字数不到一百，不会骑自行车，不会游泳，不会弹钢琴，不会脱皮鞋，不会吃滨螺，不会用电脑，这些并非是因为我教导无方，也不能归咎于他们的成长环境……

看看他们的样子：驼着背，走路摇摇晃晃。这也不是我的错，只能怪他们运气差。

可能“基因”是“运气差”的委婉说法？

女儿玛丽对同学们说,她有两个残障哥哥。同学们都不信,她们都说这不可能,她肯定在吹牛。

我听到有的母亲对摇篮里的孩子说："真不希望你长大，要能永远这样该多好啊！"相比之下，残障儿的母亲幸运多了，她们有更长的时间来逗自己的宝宝玩。

但迟早有一天，小宝宝的体重会长到三十公斤，性格也会不再像以前那样温顺。

父亲对稍微长大后的孩子更感兴趣，因为他们变得好奇了，爱不停地提问题了。

我对这一时刻期待已久，但它永远都不可能到来了。我的孩子问我的问题只有一个："爸爸，我们去哪儿？"

家长给孩子最好的礼物，就是满足他的好奇心，培养他对美好事物的鉴赏力。可惜马蒂约和托马没有给我这样的机会。

其实，我很想做一名小学老师，教给学生知识，又不让他们厌烦。

我画过儿童连环画，可我的孩子们却没看过；我写过儿童读物，可我的孩子们却没读过。

我希望他们以我为荣，对同学们说："我爸爸比你爸爸强。"

孩子需要把父亲当作榜样，父亲也需要通过孩子的钦佩建立自己的信心。

以前，电视上没有节目时会出现条格测试图像，马蒂约和托马可以坐在电视机前，盯着这么个图像，好几个小时不动。托马喜欢看电视。自从那天他在电视上看到我之后，就更爱看电视了。他视力不太好，但居然能在那么小的屏幕上辨认出人群中的我。他认出我的时候，叫了一声："爸爸。"

托马看完那个节目以后，还是不愿意去吃晚饭，他还想待在电视机前。他叫着："爸爸，爸爸！"他肯定以为我还会在电视上出现。

我原以为自己对他并不太重要，没有我，他也能过得很好，但也许我想错了。他让我感动，也让我有负罪感。我曾讨厌和他生活在一起，讨厌每天带他去家乐福看史努比。

托马快十四岁了。我在他这么大时，中学第一阶段已经结业了。

我端详着托马，发现他身上没有多少我的影子，我们并不太相像。也许这样更好，因为很难说到底谁好谁差。我当初为什么非要生孩子不可呢？

是因为自傲，过于自信，想在世界上留下几个小“我”？

还是不愿意彻底消失，想留下一些印记，让别人沿着我的印记追随自己？

有时候，我好像是留下了一些印记。比如，我穿着沾满泥巴的脏鞋，在刚打过蜡的地板上踩几脚，被人臭骂一顿。

看到托马，或者想到马蒂约，我总禁不住问自己：

把他们生出来到底是对还是错？

真应该问问他们。

我想尽量满足他们所有的小心愿，比如史努比、温水澡、逗猫咪、晒太阳、玩球、去家乐福散步，还有周围人的微笑、小汽车、薯条……让他们在人世间的日子不那么痛苦。

记得我在医疗教育中心的手工车间里看到过一只白鸽子。当时，孩子们正在车间里进行手工劳动，有的在纸上乱涂乱画，有的神情沮丧，有的一脸傻笑。

鸽子飞进车间的时候，几个孩子惊奇得直拍手。它身上掉下一根小小的羽毛，在空中飘来飘去，缓缓下落。一个孩子目不转睛地盯着羽毛。也许是因为鸽子的缘故吧，车间里笼罩着某种祥和的气氛。鸽子时而落在桌上，时而落在孩子的肩膀上。此情此景让我想到了毕加索和他的作品《孩子和鸽子》。有的孩子吓坏了，开始大喊大叫。但是鸽子并不介意，它表现得很随和。托马一边追它,一边叫:“小切[1]。”他是不是想抓住它,拔它的毛?

动物世界和人类世界很少能达到这样和谐的境地。鸟儿之间的脑电波应该是相通的吧。亚西西的圣方济各[2]仿佛就在我眼前,还有乔托和他满是鸟儿的画。

孩子们天真无邪,手上沾满了油彩。

---

① 小鸡——译者注。

② San Francesco di Assisi(1182—1226),天主教方济各会创始人,传说能给鸟儿布道——译者注。

托马已经十八岁了。他长大了，站立却越来越困难，金属支架也不起作用了。他需要一个监护人，我被选中了。

监护人必须强壮、可靠，能挡风遮雨，一跺脚就能入地三寸。

选我做监护人，真是可笑。

从今以后，我负责管理托马的钱，替他签支票。托马不在乎钱，不知道钱是干什么用的。记得在葡萄牙时，有一天，在餐馆里，他把我钱包里所有的钱都掏出来，发给周围的人。我要是问他为什么这样做，他能表达的话，肯定会这样说："爸爸，来吧，我们一起玩，痛痛快快地花光我的残障津贴。”

他不吝啬。我可以用他的钱买辆敞篷车，我们可以像老朋友一样去狂欢，去挥霍。我们像电影情节里设计的那样，去海边度假，住金碧辉煌的酒店。我们去高档饭馆吃饭，喝香槟酒。我们彼此讲述自己的故事，谈论汽车、书、音乐、电影和女人……

晚上，我们去海边散步，空旷的海岸寥无一人。我们一起看磷光闪闪的鱼儿在漆黑的海水里留下道道光痕。我们像探讨哲学一样谈论生死，谈论上帝。我们一起看天上的星星和岸上闪烁的灯光。我们对所有事情的看法都不一致，吵架在所难免。他觉得我是个老笨蛋，我教训他说：“我是你父亲，请给我必要的尊重。”他会反驳说：“做父亲也没什么值得骄傲的。”

残障儿有选举权。

托马已经成年，可以投票选举了。我敢肯定，他已经考虑成熟，权衡过参选双方的利弊，仔细研究过他们的竞选纲领和经济政策的可信度，还盘查过双方政党的幕僚班底。

但他还在犹豫，还在举棋不定。

到底选史努比呢，还是选米卢[①]呢？

---

① 比利时漫画家埃尔热的作品《丁丁历险记》中主角丁丁身边永不分离的小狗——译者注。

一阵沉默过后，他突然问我："你的儿子们怎么样了?"

他肯定不知道，一个儿子已经离开我们很多年了。

谈话不太热烈，主人担心冷场。聚餐结束了，每个人也都介绍了自己的近况。为了让气氛活跃起来，主人像宣布好消息似的对大家说："你们知道吗，让-路易有两个残障孩子?"

话音落下，接着的是一阵沉默，不知情的人开始小声嘀咕，有同情的，有惊讶的，还有好奇的。一位颇有魅力的女士注视着我，微笑中透着伤感和羞涩，跟格勒兹画中的女人一样。

没错，关于我的新闻，就是我的残障孩子，可是我并非随时都想谈论他们。

主人肯定期待我能逗大家开心，他这么做风险不小，幸好我尽力配合了。

我给他们讲述了去年在医疗教育中心过圣诞节的情景：圣诞树被孩子们推倒在地上，合唱时每人一个调门。后来圣诞树起火了，正在播放电影的放映机摔到了地上，奶油蛋糕也被打翻了。一位冒失的父亲给自己的儿子买了一套普罗旺斯铁球，那个孩子把铁球扔得满场飞。家长们都全身着地，趴在桌子底下。这一幕，就发生在"圣婴诞生"的时刻……

起初，他们有些拘谨，不敢笑。慢慢地，他们笑了。看来我的故事很成功。主人也很高兴。

我敢肯定，下一次，主人还会邀请我。

托马总是对着自己的手说话，他叫她玛蒂娜。他能和玛蒂娜进行长时间的交谈，她肯定也在回话，但只有托马能听到。

他跟她窃窃私语的时候，语调很温和。但有时他们的音量也会升高，托马会表现出很不高兴的样子，玛蒂娜肯定说了他不喜欢听的话，他大喊大叫，跟她吵架。

也许他在指责她什么都不会做？

应该说，玛蒂娜确实不太灵活。日常生活中，比如穿衣、吃饭的时候，她对他的帮助不太大。她动作不准确，喝水时打翻杯子，拿东西时摇摇晃晃，不会扣衬衣纽扣，不会系鞋带，还经常颤抖个不停……

她连怎么抚摸猫咪都不会。她的抚摸更像是在拍打，吓得猫咪赶紧逃走了。

她不会弹钢琴，不会开汽车，也不会写字，惟一会的，就是画抽象画。也许玛蒂娜对托马说，这些都不是她的错。她在等他的指令，自己不能擅自行动，要等他下达命令才行。

她毕竟只是一只手。

“喂，托马，你好。我是爸爸。”

一阵沉默。

电话那头传来困难的呼吸声，动静很大。接着，传来的是辅导老师的声音：“托马，听到了吗？是爸爸。”

“你好，托马，听出我了吗？我是爸爸，你还好吗，托马？”

依然是沉默。只有费劲的呼吸声……托马终于开口讲话了，他变声以后，嗓音很粗。

“爸爸，我们去哪儿？”

他认出我了。谈话终于可以继续了。

“托马，你最近怎么样？”

"爸爸,我们去哪儿?"

"你给爸爸、妈妈,还有玛丽妹妹画好看的画了吗?"

又是沉默。又是只有费劲的呼吸声……

"我们回家吗?"

"你画好看的画了吗?"

"玛蒂娜。"

"玛蒂娜她好吗?"

"薯条、薯条、薯条!"

"你吃薯条了吗,好吃吗?……你想吃薯条?"

沉默……

"跟爸爸说再见了吗?亲爸爸一下吧?亲一下。"

沉默……

我听到电话筒在空中摇摆的声音,还有远处传来的声响。电话那头又换成了辅导老师。她告诉我,托马扔掉电话跑了。

我挂了电话。

好在,该说的都说了。

托马的状态不太好，服用镇静剂以后还是精神紧张。有时他会大发脾气，动作粗暴。我不得不把他送进精神病院……

我们打算下周去看他，和他一起吃午饭。快到圣诞节了，我对辅导老师说，要给他带个礼物，可买什么好呢？

老师说他以前整天听音乐，听各种各样的音乐，甚至包括古典音乐。有个寄宿孩子的父母是音乐家，这个孩子经常听莫扎特和柏辽兹。于是，我想到了巴赫写给凯瑟琳伯爵的《哥德堡变奏曲》。凯瑟琳伯爵是个性情焦躁的人，巴赫写这支曲子，就是为了平复他的情绪。是啊，医疗教育中心里有不少凯瑟琳伯爵式的孩子，他们的情绪都需要安抚，巴赫的音乐一定对他们有好处。于是，我给他们买了一张唱片，让辅导老师试一试。

如果有一天，巴赫的音乐可以代替百忧解[1]……

---

① 用于治疗抑郁症的药物——译者注。

三十年过去了。有一天，我在抽屉的最下面发现了托马和马蒂约的出生公告，公告采用的是传统格式。我们喜欢简洁的风格，所以上面既没有花朵，也没有鹳鸟。

纸已经发黄了，但上面的斜体字依然清晰可读：“我们高兴地向大家宣布：马蒂约和托马出生了。”

这当然是一件高兴的事，一个珍贵的时刻，一种无与伦比的体验，也是巨大的感动和无法言表的幸福……

随之而来的失望，同样无以复加。

我们沉痛地告诉大家：马蒂约和托马都是残障

儿，他们脑袋里进草了，将来永远不会学习，只能一辈子不停地干蠢事。马蒂约更不幸，他很快就会离开我们。托马虽然很虚弱，但待在我们身边的时间会长一些。他的身体会一天比一天弯得厉害……他整天跟自己的手说话。他行动困难，不画画了，也不像以前那么开心了。他不再问"爸爸，我们去哪儿"了。

他待在原地，也许这样挺好。

或者，他哪儿都不想去了……

每次收到别人孩子的出生公告时，我都不想回复，更不想祝贺那些走运的家长。

我当然很嫉妒，甚至有点愤怒。过几年，这些幸福的家长还会如痴如醉地向我展示他们宝贝孩子的照片。他们会炫耀自己的孩子刚刚说过的话，描述他们的进步。在我看来，这些家长简直是傲慢加粗俗。他们就像是保时捷跑车的车主，向只开得起雪铁龙2CV老爷车的人炫耀。

“他才四岁，就会看书了，还会数数……”

他们不考虑我的感受，让我看他们孩子的生日照片：小家伙数了数蜡烛，一共四根，然后一口气把它们吹灭了；孩子的爸爸就在旁边，正在用手提摄像机拍摄。我看着照片，脑子里闪现出一个卑劣的想法。我仿佛看到蜡烛点着了桌布和窗帘，烧毁了整座房子。

你们的孩子肯定是世界上最漂亮的、最聪明的，我的孩子是最丑的、最笨的。全怪我，是我没把他们生育好。

托马和马蒂约十五岁的时候，依然不会看书，也不会写字，他们连说话都费劲。

我很久没去看托马了。昨天，我去看他。他行动困难，在轮椅上度过的时间越来越长。他过了一会儿才认出我，问我："爸爸，我们去哪儿？"

他的背驼得越来越厉害。我见到他的时候，他正想出去散步。我们的对话简短而又重复。他没有以前话多了，但还是整天对自己的手说话。

他把我们领到他的房间里，房间很明亮，墙是黄色的。他的床上依旧放着史努比。墙上挂着一幅他早期的抽象作品，画的可能是蜘蛛趴在网上的情景。

他换过一次宿舍。现在这栋小楼里只有十二个寄宿病人，都是像老小孩一样的成年人。他们没有年龄，他们的年龄无法确定。他们肯定出生于某年的二月三十日……

年龄最大的孩子抽着烟斗，向辅导员们吐着舌头。还有一个盲人，摸索着在走廊里散步。有的人对我们说“你好”，大部分人对我们视而不见。偶尔地，还能听到一声大叫，随后是沉寂，只听到盲人拖着鞋的啪啪声。

我们要迈过躺在屋子地板上的几个病人。他们眼睛朝天，做着白日梦，脸上不时露出傻笑。

当时的情景并不悲凉，只是有点怪异，甚至有点美妙。那几个挥舞着胳膊的家伙，动作慢慢悠悠，跟排练舞蹈的演员差不多。他们跳的是现代舞，或者是日本歌舞伎的舞蹈。还有一个家伙，把胳膊拧到自己脸前面，他的动作让人联想到埃贡·席勒的自画像①。

一张桌子旁边坐着两个视力不好的人，他们在抚摸自己的手。另一张桌子旁边坐着一个秃顶的人，头

---

① Egon Schiele(1890—1918)，奥地利表现主义画家，其作品多传递出某种令人惊恐不安的氛围——译者注。

发灰白。他穿上灰色三件套西装后肯定很像公证员。只可惜他脖子上围着围嘴，嘴里不停地重复着："屎巴巴、巴巴、巴巴……"

在那里，所有奇怪的行为和疯狂的举动都是合理的，没人会指责你。

在那里，如果你态度严肃，举止正常，你会感到尴尬，你会觉得自己与众不同，甚至有点可笑。

我每次去那里，都想和他们一样，干些蠢事。

在医疗教育中心，每件事都很难办，都像不可能完成的任务。比如穿衣服、系鞋带、系腰带、开拉链、拿叉子等等。

我看到一个二十岁的“老小孩”，辅导老师正试图让他自己吃豆子。我仔细观察他，体会到日常生活中每个细小的动作，对他而言都是很大的考验。

他成功了几次，真配得上一块奥运会金牌。他叉住一些豆子，其中的几粒掉了，但他还是把剩下的送到了嘴里。他很骄傲，表情灿烂地看了看我们。应该为他和他的教练奏国歌。

下星期，要举行一次盛大的运动会——第十三届医疗教育中心联合运动会。参赛选手都是残障程度稍轻的寄宿生。运动项目有很多：扔球、三轮脚踏车、篮球、投掷、机动车和足球射门。我情不自禁地想到了瑞泽为残奥会创作的画：运动场上挂满了横幅，上面写着“禁止发笑”。

托马显然不能参加比赛，只能当观众。他坐着轮椅，在运动场边观看。他越来越沉浸在自己的封闭世界里，但对运动会颇有兴趣，这倒让我有些意外。他到底在想什么？

他明白他自己对我有多重要吗？他还是三十多

年前那个光彩照人、面带笑容的金发小天使吗？如今，他像管道漏水一样，整天流着口水，脸上不再有笑容。

运动会结束后，是公布成绩和颁发奖牌、奖杯的仪式。

我多么希望能为自己的孩子感到骄傲啊！我多么希望能向朋友们炫耀你们在运动场上取得的名次、获得的证书和赢得的奖杯。人们会把奖品摆在学校大厅的玻璃橱窗里，旁边配有我和你们的合影。

合影中的我，肯定是春风得意的样子，就像渔夫刚捞上一条大鱼，拿着它拍照似的。

我年轻的时候，梦想自己长大后有一大群孩子。我仿佛看到自己带领着一群长得和我很像的小水手，一起唱歌、爬山，穿越大洋，环游世界。他们跟在我身后，快乐、好奇地盯着我，我给他们讲解许多新鲜的事物，比如树的名字啊、鸟啊、星星啊什么的。

我会教他们打篮球、打排球，和他们一起进行比赛。有时候我也会输给他们。

我会带他们欣赏画展，听音乐会。

我会悄悄地教他们说几句脏话。

我会教他们动词“放屁”的变位形式。

我会给他们解释内燃机的工作原理。

我会给他们讲有趣的故事。

我很不走运，买了“基因”的彩票，可惜没有中奖。

“你的孩子们几岁了?”

关你们屁事。

他们的年龄没法确定。马蒂约已经不需要计算年龄了,托马应该有一百多岁了。

他们是两个驼背的小老头儿。他们智力残缺,但很随和,很好相处。

我的孩子们从来不知道自己的年龄。直到现在,托马还在咬他的破毛毛熊,他不知道自己已经很老了,因为没人告诉过他。

他们小的时候,每年都要给他们买大一号的鞋。他们只是脚长大了,智商并没有随着提高。过了这么长时间,也许他们的智商反倒下降了。他们没有进步,而是在退步。

如果在人漫长的一生中,他的孩子从小到大都在玩积木和毛毛熊,那么他也会永葆青春,因为到最后,他也搞不清楚自己多大岁数了。

我已经不知道自己是谁,多大年龄,处在人生的哪个阶段。我觉得自己还是三十岁,还可以目空一切。我感觉自己仿佛置身于一场闹剧中,嬉笑怒骂,任由我发挥。我不仅可以口无遮拦,笔下也可以毫无顾忌。我的人生路最终陷入绝境,在死胡同里终止。